O TESOURO DO CEMITÉRIO

2009, Editora Fundamento Ltda.
Reimpresso em 2023.

Editor e edição de texto: Editora Fundamento
Editoração eletrônica: Leila Eleuterio
CTP e impressão: Imprensa da Fé
Tradução: A P Produções Artísticas Ltda. (Eugenio Vinci de Moraes)

Dados Internacionais de Catalogação na Publicação (CIP)
(Câmara Brasileira do Livro, SP, Brasil)

Pavanello, Roberto
    Bat Pat: O tesouro do cemitério / Roberto Pavanello; [versão brasileira
da editora] – 1.ed. – São Paulo, SP : Editora Fundamento Educacional Ltda.,
2009.

    Título original: Bat Pat: Il tesoro del cimitero

    1. Literatura infantojuvenil I. Título.

08-06004   CDD-028.5

Índices para catálogo sistemático:
1. Literatura infantojuvenil 028.5
2. Literatura juvenil 028.5

Fundação Biblioteca Nacional

Depósito Legal na Biblioteca Nacional, conforme Decreto nº 1.825, de dezembro de 1907.
Todos os direitos reservados no Brasil por Editora Fundamento Educacional Ltda.

Impresso no Brasil

Telefone: (41) 3015 9700
E-mail: info@editorafundamento.com.br
Site: www.editorafundamento.com.br

Este livro foi impresso em
papel offset 90 g/m² e capa
em cartão 250 g/m².

O TESOURO
DO CEMITÉRIO

ÍNDICE

Olá! Aqui estou eu!
Sou o Bat Pat! Muito prazer!

Sabem o que eu faço na vida?
Escrevo! A minha especialidade são os livros de
mistério e suspense: aqueles que falam de bruxas,
fantasmas, cemitérios... histórias de arrepiar!
Mas tenho que confessar um segredo:
na verdade, sou um grande medroso!

ESTES SÃO OS MEUS AMIGOS...

REBECA

Idade: **8 anos**
Características pessoais: **adora aranhas, serpentes, ratos, sapos**
Ponto fraco: **quando fica nervosa, é melhor ficar longe dela**
Frase predileta: **"Se mexam, seus molengas!"**

LÉO

Idade: **9 anos**
Características pessoais: **nunca fecha a boca**
Ponto fraco: **é um grande medroso!**
Frase predileta: **"Que tal fazermos um lanchinho?"**

MARTIM

Idade: **10 anos**
Características pessoais: **meditativo e intelectual**
Ponto fraco: **nenhum (é o que ele diz!)**
Frase predileta: **"Espere, estou pensando..."**

Caros apaixonados pelas histórias de terror,
vocês já se perguntaram qual é o lugar mais tranquilo
do mundo? Vocês devem ter pensado em um bosque
nas montanhas, no deserto do Saara ou num sótão.
Bem, posso assegurar que nada vence um belo... cemitério! Não concordam comigo? Os cemitérios, ao
contrário do que pensa a maioria das pessoas, espe-
cialmente os cemitérios abandonados, são lugares ex-
tremamente silenciosos e pacíficos, onde não acontece nada de estranho e onde vocês podem ter certeza
de que ninguém virá perturbá-los, sobretudo à noite.

Meu vovô Salitre não cansava de dizer: "Tumba isolada, vida abençoada!" É por isso que sempre morei em criptas de cemitérios abandonados, o lugar perfeito para ficar na santa paz e escrever. Eu pensava assim sobre os cemitérios, até poucas noites atrás, quando me aconteceram coisas como estas que vou contar...

1
FOGE, BAT, FOGE!

ra noite alta. Já fazia algumas horas que eu estava ali, diante da folha em branco, com a pena de ganso na mão, o tinteiro ao lado e sem nenhuma ideia para a próxima história. Isso às vezes acontece aos escritores...

Em busca de inspiração, resolvi me levantar e sair para tomar um pouco de ar: era uma noite fantástica! Fiz alguns breves voos panorâmicos sobre o meu território e, já que estava por ali, aproveitei para fazer um pequeno lanchinho à base de mosquitos (vocês não imaginam o quanto gosto de mosquitos!). Depois me pendurei de cabeça para baixo em um galho do velho carvalho, perto do muro do cemitério. Muito sangue na cabeça faz mal para vocês, humanos, mas

para nós, morcegos, traz ótimas ideias!

Vi o céu ao contrário, que era bonito assim mesmo: um grande manto negro bordado de pérolas reluzentes! Uau, que frase poética! Talvez esteja reencontrando minha veia lírica. Pena que tinha uma neblinazinha gosmenta cobrindo quase totalmente os túmulos, daí só dava para ver as pontas das velhas lápides. Fechei os olhos e comecei a escutar os ruídos da noite com meu extraordinário ouvido de morcego: o sopro levíssimo do vento passando pelas folhas dos ciprestes, o cri-cri de um grilo noturno e até mesmo o deslizar das cobras por entre as pedras do cemitério. Mas tudo ficou quieto de repente. Eu, pendurado no galho, continuei a balançar tranquilo, quando subitamente um rangido horrível me arrepiou todo: alguém havia aberto o velho portão do cemitério!

Ai, que medo medonho! Quem seria? Meu cerebrozinho fez um cálculo rápido e concluí que eu só tinha duas possibilidades: ficar parado, imóvel, fingindo ser uma folha, ou me jogar com tudo em direção ao mistério e... ao perigo! Sei lá por que motivo preferi a primeira opção.

De repente, vi surgir no meio da neblina uma figura curvada e encapuzada, coberta da cabeça aos pés, vestindo uma grande túnica preta. Levava nas costas um velho saco de farinha.

Ela parou diante da maior lápide. Duas mãos esqueléticas e muito brancas abriram o saco e tiraram uma picareta. A figura colocou a ponta da ferramenta debaixo da tampa de pedra que cobria o velho túmulo e começou a empurrar, para deslocá-la.

Ela estava de costas para mim e a vi tremer por causa do grande esforço que fazia. Por fim, conseguiu abrir um vão com pelo menos meio metro de largura. Deixou a picareta cair e deu dois passos para trás, respirando com dificuldade. Depois, inesperadamente, levantou os olhos para o céu e deu um grito para lá de agudo: *Craaaaaa! Craaaaaa!*

Esperou um instante, até que do céu escuro despontou um grande corvo negro que pousou silenciosamente na lápide mais próxima dele.

– Você encontrou ele? – perguntou o encapuzado.

O corvo sacudiu a cabeça e agitou as asas como se dissesse não. O homem fechou as mãos de raiva.

Começava a me sentir muitíssimo mal e queria muito me mandar dali o mais rápido possível, mas não tinha coragem nem de respirar de tanto medo que me vissem.

Nesse meio-tempo, a figura encapuzada chegou

perto do túmulo novamente e desceu através da pequena passagem que tinha aberto. Eu não conseguia
ver o que estava acontecendo lá embaixo, mas, pelo
barulho que fazia lá dentro, concluí que aquele sujeito estava procurando alguma coisa!

Finalmente, ele saiu do túmulo. E foi justo nesse
momento que ele levantou a cabeça na minha direção e que pude ver o seu rosto horrível: um crânio
branco e cadavérico!

Ai, que medo medonho! Não consegui me conter e
soltei um breve ai ao ver aquele rosto impressionante,
e esse foi o meu único erro. Foi um aizinho baixinho,
baixinho, juro, mas, mesmo assim, ele ouviu. Ainda
meio dentro do túmulo, estendeu o braço em minha
direção, apontando-me para o seu passarão negro
com um de seus longos e finos dedos. Não precisava
ser um gênio para entender o que aquele gesto significava: "Pegue aquele abelhudo, vivo ou morto!" e, de
fato, o corvo saiu como um raio atrás de mim.

Rapidíssimo, o meu cerebrozinho fez outro cálculo
e concluiu que desta vez eu só tinha uma possibilida-
de: fugir o mais rápido possível!

2
ACROBACIAS
ESPETACULARES

s sinos de Fogville marcaram 3 horas da madrugada e Martim Silver ainda não tinha fechado os olhos.

Ele procurou pensar em alguma coisa boa: as férias na França, por exemplo. Mas se lembrou da vez em que experimentou escargot, em um restaurante, e sentiu vontade de vomitar.

Achou então que lhe faria bem ler um pouco. Acendeu a luz, colocou seus grandes óculos redondos, e as lentes embaçaram na hora.

– Humm... – murmurou. – Mau sinal!

Eu descobriria mais tarde que, quando os óculos de Martim embaçavam, significava que teríamos problemas pela frente: nunca falhava!

Ele limpou as lentes novamente e apanhou do criado-mudo o seu livro preferido: *Histórias*

extraordinárias, de Edgard Allan Polvilho. Polvilho era o único que conseguia fazê-lo sentir calafrios por todo o corpo. Seus irmãos, nas camas ao lado, não mexiam um fio de cabelo. Rebeca, a irmã mais nova, estava imóvel, deitada de barriga para cima com os braços ao longo do corpo, em sua típica posição de ioga, enquanto Léo, com os pés para fora das cobertas e o travesseiro debaixo do bumbum, roncava como um trombone.

Martim mal tinha começado a ler, quando Rebeca arregalou os olhos na direção do teto, sentou-se num salto e disse:

— Alguém está em perigo, estou sentindo!

Martim levantou os olhos do livro e a encarou preocupado: debaixo da franjinha vermelha, os olhos verdes de sua irmã o miravam seriamente. Não era comum ela errar coisas desse tipo.

– Olhe, lá embaixo! – ela gritou de repente, apontando para alguma coisa do lado de fora da janela e acordando Léo, que caiu da cama, e foi para trás, meio grogue:

– Mas o que está acont...

– Quieto! – ordenou Rebeca, que, apesar de seus 8 anos, tinha nascido para liderar. – Não está ouvindo? Estão se aproximando...

Os três pararam para escutar: realmente, bem distantes dava para ouvir uns ruídos agudos e os gritos roucos de um pássaro, que iam e vinham sem parar.

– Pra mim, parece um peru com dor de garganta atrás de um rato apavorado – palpitou Léo.

– Você quase acertou, Léo, quase acertou... – respondeu a irmã, que saiu rapidamente da cama e se aproximou da janela.

Martim guardou o livro e foi atrás dela sem perguntar nada.

– Olhe, eles estão ali! – gritou Rebeca, avistando-me finalmente de longe, enquanto eu batia minhas asinhas como um louco e procurava me livrar daquele passarão atrás de mim.

Seus gritos soavam ameaçadores em meus ouvidos: "Eu vou pegar você já, já; eu vou pegar você já, já..."

– Olhe, é um morcego! – gritou Rebeca. – Um morcego sendo perseguido por um grande pássaro negro!

– Rápido, Léo – disse Martim —, acenda a luz! E você, Rebeca, abra a janela!

– Já abri – respondeu ela.

– O que você tem em mente? – perguntou Léo.

– Vamos atrair o morcego para a janela – respondeu Martim, vasculhando freneticamente uma caixa. – Se ao menos conseguisse achar... Ah, olhe ele aqui! – disse repentinamente e ergueu triunfante um pequeno objeto de metal.

– O que é isso? – perguntou Léo, puxando para cima a calça do pijama.

– Um apito ultrassônico usado pra adestrar cachorros. Espero que sirva também pra salvar esse pobrezinho: os morcegos ouvem perfeitamente os sons deste apito.

Para os meus ouvidos desesperados, o som daquele apito pareceu a salvação! Percebi que vinha de uma janela iluminada e fui na direção dela o mais rápido que pude.

– Rebeca! Léo! – chamou Martim.  – Cada um segura de um lado da vidraça e, quando eu fizer um sinal, vocês fecham na mesma hora. Estão prontos?

– Sim!

– Quase... – respondeu Léo, que não encontrava uma de suas pantufas.

– Deixe isso pra depois, Léo, eles estão chegando...

Do outro lado da janela, eu via três crianças que me incentivavam a voar mais rapidamente. Muito boazinhas, de fato, mas, apesar de as minhas asinhas baterem na velocidade de um liquidificador, o corvo já estava quase me alcançando. Eu estava perdido! Estava frito! De repente me lembrei de um número que, há muito tempo, meu primo Asa Frouxa, um morcego da esquadrilha acrobática, tinha me ensinado: "O giro da morte"!

Eu não sentia muita vontade de "girar" (talvez ainda não tenha dito para vocês: sofro de vertigens), mas tinha muito menos vontade de acabar nas garras daquele corvo! Então, fechei os olhos, cruzei os dedos dos pés (os das mãos estavam ocupados), contei até três e... rumo ao

infinito! Recolhendo as asas junto do corpo, desenhei um círculo tão perfeito no céu negro que quase, quase aplaudi a mim mesmo.

O pássaro, que não esperava por isso, foi se debatendo para a direita e para a esquerda, como um tico-tico em sua primeira lição de voo, e, quando voltou a me perseguir, eu tinha conse-

guido pelo menos dez metros de vantagem. Mirei na janela aberta e a atravessei como uma bala de canhão. Bem, digamos, uma "balinha"...

– Agora! – gritou Martim para os irmãos, que fecharam imediatamente a vidraça.

Eu passei por um triz, mas o penugento, não! Esborrachou-se contra a janela, como um pudim no chão. Foi um milagre os vidros não terem se quebrado! O fato é que o corvo não sofreu nenhum arranhão. Em vez disso, rapidamente voltou a voar em círculos, dando gritos ameaçadores.

– Vá embora, seu bicho nojento! – dizia Léo, enquanto agitava uma cueca diante do bico dele.

– Deixe comigo, Léo – disse Rebeca. – Eu tomo conta disso.

A garota começou a olhar o voador de frente, nos olhos, sem medo algum: poucos instantes depois, ele deu meia-volta e mergulhou na noite escura da qual havia saído.

Para falar a verdade, não vi esses últimos acontecimentos. Por uma questão de freios. Pois é, cheguei tão veloz que, logo que ultrapassei a janela, não consegui escapar da parede que tinha em frente e a acertei em cheio: bela mira, não? Queria ver o que vocês fariam no meu lugar!

Por sorte, eu caí em cima de um colchão macio, mas (na hora) não percebi isso, porque havia desmaiado com o choque.

3
OS IRMÃOS SILVER

uando recuperei os sentidos, vi três pares de olhos, que me observavam curiosos. Eles estavam em cima de mim. Procurei me mexer, mas meu corpo todo, das orelhas até a ponta das patas, doía.

Então, os últimos acontecimentos me vieram à cabeça e senti um suor frio percorrer minhas asinhas: sons e ultrassons! Essas três crianças tinham me salvado!

– Oi, pequeno, achamos que você nunca mais ia abrir os olhos. Eu sou a Rebeca – disse a garotinha de olhos verdes, rosto cheio de sardas e cabelos compridos e ruivos.

"Belo tipinho", pensei. "Mas vá saber como ela trata os animais."

– Eu me chamo Martim – acrescentou aquele que parecia o maior dos três.

"Mas de onde saiu esse?", disse para mim mesmo. Ele usava óculos enormes e redondos, completamente fora de moda, e um corte de cabelo, tipo capacete, que lhe davam um ar de intelectual.

"Aposto que é um sabichão, aposto", pensei.

– Olá, sou o Leonardo, mas pode me chamar de Léo, é mais fácil – concluiu o terceiro garoto, que mastigava alguma coisa.

Era muito mais gordo e parecia ter acabado de sair de dentro de uma máquina de lavar. Não tinha um fio de cabelo no lugar e sua blusa estava cheia de manchas.

"Simpático", pensei, "trapalhão, mas simpático."

– Você estava em maus lençóis, numa fria mesmo, hein?... – disse Rebeca e me pegou no colo.

– Um segundo a mais e aquele corvo teria feito picadinho de você! – disse Martim com precisão.

– Hum... picadinho de rato voador – acrescentou Léo. – Dizem que é gostoso, não?...

Estava prestes a explicar para aquele graducho a diferença entre um rato e um morcego,

quando senti uma fisgada terrível na asa direita: achei que estava quebrada.

Mal tive tempo de me lamentar, pois a pequena Rebeca começou a cuidar de mim melhor do que um médico. Mas onde ela aprendeu a enfaixar uma asa tão bem?

Todos voltaram para a cama, e Rebeca me deitou delicadamente em seu travesseiro.

– Temos que dar um nome pra ele... – disse, no mesmo tempo em que sentava ao meu lado. – O que acham de Strel?

– Não gosto, que tal... Pip! – sugeriu Léo.

– Eu sugiro... Napoleão! – arriscou Martim.

– Mas eu já tenho um nome! – falei bruscamente para que os três parassem com aquela conversa, mas percebi, pelo jeito que me olharam espantados, que não esperavam essa.

– Mas... mas você fala?

– Sim – confirmei.

– Espetacular! – disse Rebeca.

– Muito insólito, realmente muito insólito... – comentou Martim.

– Que máximo! – exclamou Léo. – E onde você aprendeu?

– Morei muitos anos numa biblioteca antiga. À tarde, o bibliotecário lia em voz alta para as crianças. Era muito bom! Bem escondido, eu escutava tudo e assim, aos poucos...

– Incrível, um rato voador que fala! – interrompeu Léo. – E qual é o seu nome, então?

– Bat Pat. E pra sua informação não sou um rato, sou um morcego.

– Isso eu estou vendo, meu caro Pat Pat...

– Bat Pat! Bem, acho que tenho que agradecer a vocês por terem... salvado a minha vida!

– Não tem de que, meu caro Pat Tat! – insistiu Léo.

– Por todos os mosquitos! Já disse que me chamo Bat Pat!

– Tá bom, tá bom! Não esquente a cabeça,

Grat... ops, poderia chamar você só de Bat? É mais fácil.

E, foi assim que eu e os irmãos Silver nos conhecemos naquela noite e nos vimos envolvidos, pela primeira vez, numa mesma e pavorosíssima aventura.

Eles quiseram saber tudo de mim e fizeram um monte de perguntas. Rebeca queria saber sobre a minha vida noturna, Martim sobre minha "casa" no cemitério abandonado, enquanto Léo só queria saber uma coisa: se eu só comia mosquitos ou se também gostava de pizza. A coisa mais difícil, porém, foi convencer os três de que, além de falar, eu sabia escrever (sempre

por mérito daquele velho bibliotecário) e que eu escrevia justamente... histórias de terror!

– Um rato... ops, desculpe... um morcego escritor! – comentou Léo, que não acreditava no que estava ouvindo. – Que história!

Logo em seguida, Rebeca voltou a falar do episódio do corvo.

– E a gente pode saber por que aquele pássaro estava perseguindo você? Você irritou ele? – ela me perguntou.

– Não, de jeito nenhum, ele que se irritou comigo! Ele e o horrível dono dele...

– Horrível dono? Explique isso melhor – pediu Martim.

– Vocês têm certeza de

que querem ouvir? Não quero assustar vocês –
Não somos do tipo que se assusta facilmente –
esclareceu Rebeca. – Conte tudo
pra gente.

Assim, expliquei-lhes tudo
sobre a caveira encapuzada,
o túmulo violado e aquele
passarão negro, surgido
do nada, que tentou fa-
zer picadinho de mim.

– Bem, não pen-
se mais nisso,
Bat – disse Léo. – Você está
seguro aqui.

– Pode ficar aqui o quanto quiser – acrescentou
Martim.

– Pelo menos, até sua asa ficar boa – concluiu
Rebeca.

– E depois? – perguntei timidamente.

– Pode voltar ao seu cemitério abandonado.

– Sozinho?

– Não vai me dizer que está com medo!

– Bem, é, pra dizer a verdade... estou morrendo de medo só de pensar em rever aquela enorme cara de defunto!

Os irmãos se entreolharam silenciosamente, em seguida Martim falou pelos três:

– Gostaria de dizer que, quando chegar a hora, nós iremos junto com você.

– Acho que vocês são completamente loucos – eu disse.

– Obrigado, Bat, você não é o primeiro a dizer isso pra gente – concluiu Léo.

4
CAFÉ DA MANHÃ EM FAMÍLIA

Pela manhã, acordei com uma estridente voz feminina que vinha do andar de baixo:

– O café está pronto!

– Já vamos, mamãe! – respondeu Rebeca, que já estava vestida.

Martim estava penteando a vasta cabeleira e Léo brigava com uma malha que tinha vestido do avesso.

– É melhor não falar nada por enquanto – recomendou Rebeca enquanto descia as escadas. – Sabe, não quero assustar meus pais.

– Ficarei mudo como um túmulo! – respondi.

Rebeca riu, apertou-me delicadamente nos braços e me levou para conhecer o resto da família.

À mesa da cozinha estava sentado um senhor

forte, com bigode, que parecia ser o pai dos três pirralhos:

– Que barulheira era aquela ontem à noite? – perguntou, enquanto abaixava o jornal que estava lendo.

Ele notou a minha presença:

– Ah, não, Rebeca, bichos em casa de novo? Nós não tínhamos combinado...

– Ô George – interrompeu uma senhora rechonchuda com um sorriso doce – , você não está vendo que é um pequeno morcego assustado? Olhe que gracinha!

– Ora, Elisabeth, eu esperava, sinceramente, que a experiência com o filhote de crocodilo tivesse sido a última. Aquele bicho quase arrancou meu pé, você já se esqueceu disso?

– Mas este é só um morcego! – replicou Rebeca. – Estava sendo perseguido por um corvo. Se não tivéssemos deixado ele entrar, teria sido morto. Além disso, quebrou uma asa quando aterrissou, olhe. Tive que fazer uma tala pra ele.

– Está bem – suspirou o pai. – A família Silver está sempre pronta para ajudar quem está em dificuldades. Bem-vindo, pequeno. Quer experimentar?

Disse isso e me ofereceu um biscoito de chocolate.

"Família simpática", pensei. "Seria bom ficar aqui por algum tempo."

As crianças se jogaram com fúria sobre a comida, mas o mais animado era Léo, considerando que suas bochechas estavam sempre cheias, como as de um porquinho-da-índia.

– Vocês viram o que aconteceu? – disse o pai, apontando o jornal com a xícara de café. – Houve uma fuga do presídio de Black Gate ontem à noite.

– Misericórdia! – exclamou a senhora Silver enquanto fritava mais dois ovos com bacon para o Léo. – E sabem quem fugiu?

– Um tal de Sinistro. Vítor Sinistro. Um ladrão muito perigoso, parece. Estava preso há dez anos por ter assaltado um banco, junto com um comparsa.

– Com um delinquente

desses andando por aí, não sei se é prudente ir pra escola. Poderíamos ser raptados! – disse Léo com o rosto pálido.

– Não é bom negócio raptar alguém como você, filho. Você come muito! – provocou a mãe. – E agora vamos, o ônibus da escola está chegando.

5
O CORVO,
DE NOVO!

As crianças foram para a escola, o senhor Silver foi para o trabalho e a mãe saiu para fazer compras. Sonolento, perambulei um pouco por aquela grande casa vazia e silenciosa: nós, morcegos, não somos muito ativos de dia, ou melhor, para dizer a verdade pegamos no sono pra valer. Por isso, voltei para o quarto das crianças para procurar um cantinho tranquilo onde pudesse dormir, quando, do outro lado da janela, passou veloz diante de meus olhos, como uma flecha, uma sombra escuríssima: o corvo, de novo! Ele me viu também, claro, porque deu meia-volta de repente e veio em minha direção. Eu me encolhi junto da parede, tremendo como uma vara verde. Ele pousou no parapeito, bem em cima de mim. Fiquei arrepiado de tanto medo e, para piorar, eu estava sem uma asa! Por sorte, a vidraça estava fechada, mas assim mesmo consegui ouvir a voz dele e não gostei nadinha do que escutei:

– Eu pego você, mais cedo ou mais tarde, pego você...

E, de repente, ele voou. Eu me afastei da parede com muito cuidado e vi que ele estava sobrevoando várias casas para espiar através das janelas. Parecia que estava procurando alguma coisa.

Quando perdi o corvo de vista, joguei-me na cama da Rebeca e dormi como uma pedra. Se vocês soubessem que belos sonhos tenho de dia! Mas às vezes, infelizmente, são um pouco, digamos... perigosos.

Sonhei que estava em um galho e, ao meu lado, estava um pequeno corvo que eu ia ensinar a voar. Eu tinha acabado de abrir as asas e estava prestes a saltar do galho, quando senti alguém apertar a minha barriga e gritar: "Pare, Bat! Não faça isso!"

Abri os olhos e me vi pendurado sobre o vão da escada, enquanto alguém me segurava por uma mão. Que vertigem! Mas como eu tinha ido parar ali?

Por sorte, a Rebeca tinha chegado a tempo de evitar que eu me espatifasse como uma banana!

– Você teve um baita pesadelo, Bat! – ela disse. – E não me parece uma boa ideia tentar voar com uma asa quebrada. Você não acha?

Achava, e como! Agradeci a Rebeca pela segunda vez. Quando os irmãos dela chegaram, contei para eles que eu tinha visto novamente aquele penugento malvado e que ele parecia estar procurando alguma coisa.

– Devemos ficar de olhos bem abertos – concluiu Martim pensativo. – Tem alguma coisa estranha nisso.

Na manhã seguinte, durante o café da manhã, o senhor Silver nos deu a notícia que estávamos esperando:

– Vocês ouviram a última? – disse e nos mostrou o jornal. – Houve uma tentativa de roubo ontem à noite na casa dos Newton. A senhora Newton contou que ouviu barulhos suspeitos, primeiro no teto e depois na chaminé da lareira. Quando chegou à sala de estar, só encontrou a fuligem preta da lareira espalhada por todo canto. Os ladrões, porém, já tinham escapado, sem roubar nada. Estranho, não?

Era estranho sim, e nós quatro olhamos uns para os outros com uma expressão preocupada, sem dizer uma palavra.

Durante a semana toda fiquei de sentinela na casa, embora morresse de sono, e toda manhã, pontualmente, via o corvo fazendo seu voo de observação sobre Fogville. No dia seguinte, igualmente pontual, o senhor Silver lia para nós a notícia de uma nova tentativa de furto. As características eram sempre as mesmas: barulhos no teto e na chaminé da lareira; a sala de estar cheia de fuligem negra, mas nada roubado. Do ladrão, nem sombra. No sábado à noite, nós estávamos reunidos no quarto, tentando entender algo daquele nebuloso mistério, quando da casa vizinha chegaram gritos de uma mulher que pedia socorro.

6
A VASSOURA DA
SENHORA TRUMP

Rebeca me escondeu num bolso e corremos, junto com o senhor Silver, para a casa da senhora Trump, a vizinha.

Nós a encontramos sentada numa poltrona da sala, com uma vassoura na mão e respirando com dificuldade.

Com os olhos arregalados, ela olhava a sala virada do avesso pelos ladrões: tinha fuligem por todos os lados, cadeiras viradas e a janela estava escancarada.

– Santo Deus! – disse o senhor Silver. – Tudo bem, dona Petúnia?

– Estou bem, estou bem... – respondeu ela com a voz trêmula.

O Martim sacou uma lupa e começou a espiar o lugar.

– Terminou tudo! Fique tranquila, já chamamos a polícia.

O Léo também quis ajudar e enfiou a cabeça na lareira para tirar a fuligem preta.

– A polícia não pode perseguir os espíritos... – suspirou a mulher.

– Que espíritos? Mas do que a senhora está falando?

– Eu vi, George! Eu vi, juro! Ele usa uma túnica preta com um capuz... tem o rosto branco como o de um fantasma... e anda pelo teto.

– Não tem nenhum fantasma, dona Petúnia – disse o George, procurando tranquilizar a senhora Trump. – A senhora só está muito assustada.

– Mas eu garanto que vi! E tem mais alguém com ele. Alguém com duas asas grandes e escuras como a noite. Veio da chaminé da lareira, em uma nuvem de poeira negra, tentando me atacar! Mas eu me defendi com isto... – disse, segurando a vassoura.

Não sei por que, mas tive a sensação de ter levado um choque ao ouvir essas últimas palavras. Pus a cabeça para fora do bolso, de repente, e a pobre senhora Trump soltou um grito verdadeiramente pavoroso quando me viu:

— Olhe mais um deles aí! Olhe mais um deles aí! — gritou, jogando um sapato em minha direção. – Tirem ele daqui, tirem ele daqui!

Por sorte, a mira dela era muito ruim e ela não me acertou.

– Calma, dona Petúnia, é só um pequeno morcego, um bichinho de estimação de minha filha. Não faz mal a ninguém.

Os Silver conseguiram acalmar a pobre senhora

Trump e a levaram para a cama. Nós quatro estávamos na sala, esperando a polícia chegar, quando o Martim recolheu alguma coisa do chão e pediu que chegássemos perto dele:

— Psss, olhem isto! — murmurou.

Nós nos aproximamos curiosos: ele estava segurando nas mãos uma longa pena preta. Uma pena de corvo.

7

ESCOLHA
DEMOCRÁTICA

 polícia não encontrou nenhuma outra pista na casa da senhora Trump. Apenas constatou que não tinham roubado um alfinete sequer, de novo.

Infelizmente, a velha senhora teve a má ideia de contar aos **jornalistas** a história do fantasma da túnica preta e da misteriosa criatura negra que havia saído da lareira. Os jornais de Fogville, que esperavam justamente notícias desse gênero, publicaram manchetes como esta:

Ladrão fantasma invade a casa de uma velha senhora

Ou esta:

Misterioso ser encapuzado é visto voando sobre os telhados da cidade!

A semana toda o senhor Silver leu para nós

notícias de outros episódios semelhantes: as aparições do fantasma e de seu misterioso companheiro se multiplicaram.

Começaram os exageros: tinha quem jurasse ter visto o fantasma encapuzado cavalgar um enorme pássaro negro nas noites de Lua cheia. Outros afirmavam que ele entrava nas casas através das paredes e depois fugia deixando nuvens de fuligem nos tapetes e nas poltronas.

A única coisa positiva em meio a toda aquela confusão foi a minha asa, que ficou completamente boa. Agora eu podia voltar a voar, finalmente. Só não imaginava que ia lamentar isso muito rapidamente.

– Venha, Bat, é hora de sabermos mais a respeito desse fantasma – disse Rebeca, vindo me chamar no sótão, onde eu tinha permissão para me abrigar e dormir até o final da tarde.

A essa altura, já era o meu novo refúgio.

Fui voando atrás dela até o quarto.

– O que pensam disso tudo? – perguntou Martim, quando estávamos todos reunidos.

– Bem, é óbvio que o homem que o Bat viu no cemitério junto com o corvo é o mesmo que está invadindo as casas – começou Rebeca.

– Claro – acrescentei –, mas quem é ele?

– Não podemos excluir a hipótese de que se trata de um fantasma... – observou Martim.

– Pra mim, essa história de bandido se divertir usando fantasia é muito comum – disse Rebeca.

– Pra mim, é outra coisa, é o Chapeuzinho Preto que leva flores ao túmulo da vovó – disse Léo esparramado em cima de sua cama.

– Mas não é possível que você não consiga ficar sério cinco minutos? – repreendeu-o Rebeca.

Léo deu de ombros e abaixou a aba do boné de beisebol, tampando os olhos.

– Só existe um jeito de descobrir quem é o nosso misterioso personagem – concluiu Martim, ajeitando os óculos no nariz e nos encarando um por um.

– Você não está pensando em... – perguntou Léo, pulando como uma mola.

– Não vai me dizer que está com medo, Léo!

– Estou sim, que dúvida, ora bolas!

– Bem, teremos que decidir no voto. Quem quer descobrir como é o rosto do nosso personagem encapuzado levante a mão.

Convictos, Martim e Rebeca levantaram a mão. Eu, na verdade, tinha pavor do cara de caveira e do seu amigo penugento, mas não podia desapontar a minha "salvadora", por isso me enchi de coragem e levantei a asinha curada: 3 contra 1.

– Então, está decidido. Vamos! – disse Martim.

O Léo me lançou um olhar fulminante.

– Não quer conhecer a minha casa? – eu disse para ele, em uma tentativa de ser espirituoso, mas, sei lá por que, ele não riu.

– Pegue a máquina digital, Léo – acrescentou Martim com muita calma. – E se agasalhe bem. De noite, faz muito frio nos cemitérios.

8
PASSEIO NO CEMITÉRIO

stava escuro como carvão quando nossa equipe saiu escondida de casa. Quietos, andávamos em fila indiana. Eu ia na frente, porque conhecia o caminho; atrás de mim, o Martim, que usava uma jaqueta impermeável e uma lanterna de minerador na cabeça; depois a Rebeca, embrulhada num ponche de lã rosa e, por fim, o Léo, com seu boné de beisebol virado ao contrário e sua eterna malha, que combinava com um par de tênis laranja fosforescente. E ele estava de péssimo humor.

– Parabéns pela roupa! Muito bem escolhida! – provocou-o a irmã. – Você não quer ser notado, não é?

Quando chegamos diante da entrada do cemitério, encontramos o portão fechado, sinal de que o fantasma não estava por ali.

Martim o empurrou delicadamente, mas não pôde evitar que rangesse. Todos prendemos a respiração: o silêncio era de... túmulo!

– Por aqui... – sussurrei e obriguei os três a fazerem um belo passeio rente ao muro do cemitério.

Sobre os túmulos, pairava a neblinazinha cinza de sempre, que envolvia tudo e refletia a luz da Lua. Era um belíssimo lugar! Pena que eu era o único a pensar assim.

– É ali, aquela cripta, a minha casa! – falei orgulhosamente, e apontei a entrada de uma pequena capela.

– Lindo lugarzinho, Bat. Você poderia me emprestar pra festa do Dia das Bruxas? – disse Léo.

– Pare com isso, Léo! Bat, você acha que podemos nos esconder aí? – perguntou Martim.

– Claro – respondi –, estaremos seguros em minha casa. Das janelas laterais, podemos ver tudo sem que ninguém nos veja.

Nem bem acabei de falar, ouvimos o portão ranger novamente, e mais forte do que da primeira

vez: nosso personagem misterioso tinha chegado!

– Su...sugiro que entremos em casa o mais rápido possível! Concordam?

Estavam tão de acordo que entraram antes de mim.

Da janela da cripta, ficamos olhando fixamente

para a viela* central do cemitério. Poucos instantes depois, surgiu a silhueta negra do encapuzado.

Nós todos prendemos a respiração: Léo, em especial, estava mais branco que a neve, e eu... bem, eu estava "cinza pálido".

O homem olhou em volta desconfiado, depois se voltou e deu seu conhecido grito: *Craaaaaa! Craaaaaa!*

O meu caro amigo corvo chegou quase no mesmo segundo e se repetiu a cena da primeira vez:

– Você encontrou ele? – perguntou o encapuzado.

O corvo respondeu novamente que não, sacudindo a cabeça e arrepiando as penas.

O homem bateu o pé no chão, depois pegou uma pedra e atirou nele, errando por pouco.

– Ei – gritou Rebeca de repente – maltratar os animais, não!

Martim tampou a boca da irmã com as mãos. Por sorte, o encapuzado não escutou. Tirou a mesma picareta do saco e moveu a laje do túmulo para o lado. Mergulhou nele, vasculhou tudo por uns bons minutos e saiu de lá esbravejando.

Depois, ele se voltou para nossa direção e, sem

* rua estreita, travessa, pequena rua.

muita cerimônia, tirou a laje de outra sepultura meio destruída, enfiando uma das pontas da picareta na lápide. Ele também teve que pegar uma pá para tirar a terra que cobria a cova.

Ele trabalhava sem parar, bufando e gemendo, enquanto o corvo, empoleirado, limpava as penas com o bico um pouco adiante. O encapuzado saiu furioso também desse túmulo e lançou longe a pá.

– Que enfezadinho... – sussurrou Léo. – Parece a Rebeca quando fica brava...

– Engraçadinho! – replicou Rebeca, mostrando a língua.

– Parem com isso! – esbravejou Martim. – Veja se você consegue tirar uma foto dele, Léo.

– Posso pedir pra ele sorrir antes de tirar a foto? – perguntou Léo, preparando a máquina digi- tal.

– Ande logo, tire antes que ele se vire...

Léo apertou o botão, um segundo antes de Martim lhe perguntar se ele tinha desligado o flash. Desligou? Não, não desligou. Por um milhão de mosquitos! Um clarão artificial iluminou a noite e também... o rosto do encapuzado!

– Oh, oh...! – disse Léo, olhando para nós.

Assim que a surpresa passou, o sujeito lançou um rugido terrível e, seguido pelo corvo, se projetou em direção à cripta.

– Rápido, por aqui! – sussurrei para as três crianças e entrei nos subterrâneos, que, por sorte, conhecia como a palma das minhas patas.

Descemos dois lances de escada, até chegarmos diante de uma parede de pedra impedia a passagem.

– Estamos numa armadilha! – exclamou Rebeca.

– Para trás, todos – disse eu e, com a pata esquerda, apertei o nariz de um pequeno crânio de pedra: a parede deu meia-volta e fomos atacados por uma nuvem de mariposas que voaram escada acima.

– Entrem, rápido! – gritei.

Outro apertão no craniozinho e a parede se fechou atrás de nós. Quando o encapuzado e seu mascote chegaram ao pé da escada, viram-se na frente de uma parede compacta.

Esperamos, com a respiração presa, e ouvimos os dois se afastarem. Depois, Martim arriscou falar primeiro:

– Obrigado, Bat. Se não fosse por você... – enquanto fulminava o Léo com o olhar.

– Não tem de quê – respondi com um fio de voz. – Vovô Salitre dizia sempre: "Não há parede que pare um durão de verdade!"

– Basta que a parede se abra... – disse Léo com a voz ainda trêmula de medo.

– Acha que já podemos sair daqui? – perguntou Rebeca. – É muuuuito tétrico aqui embaixo.

Só então os garotos olharam em volta e se deram conta de que centenas de crânios atrás de velhíssimas grades enferrujadas, olhavam imóveis para eles.

– Eu também prefiro tomar um ar... – acrescentou Léo. – Tchau, gente, foi uma belíssima festa, mas já é muito tarde! – disse de costas para as caveiras. Voltamos a subir com muita cautela, atentos a qualquer barulhinho suspeito, mas o caminho estava deserto.

– "Chapeuzinho Preto" foi embora finalmente! – exclamou Léo. – Podemos voltar pra casa agora também?

Mas Martim já estava perto do último túmulo violado pelo encapuzado e tinha se abaixado para examiná-lo melhor. Com a lanterna na cabeça, iluminou a lápide, onde havia o desenho de um timão de navio.

– Está procurando algo, é óbvio – murmurou para si mesmo. – Mas o quê? E o que o corvo está buscando?

Nós quatro estávamos agachados em volta da cova aberta, procurando uma resposta para essas perguntas, quando ouvimos atrás de nós uma risada que fez o sangue gelar em nossas veias.

9
O CAPITÃO TRAFALGAR

ra, ora, ora! Finalmente deci-
diram mandar novos grumetes
para as galés. Mas não parecem
muitos jovens, Nélson?

Apesar do pavor que nos
paralisava, encontramos força
para virarmos para trás. E foi assim que nos depa-
ramos com a figura transparente de um homenzarrão barbudo, vestido de marinheiro, com um
chapelão na cabeça, um grande casaco azul com
botões dourados, botas pretas e uma espada na
bainha: um marujo, ou melhor, o fantasma de um
marujo. Em um ombro, balançava o esqueleto de
um papagaio.

O Léo desmaiou na hora. A Rebeca e o Martim
se encostaram um no outro, de costas. Quanto
a mim, voei para o braço da minha protetora e

fechei os olhos.

– Qual é o seu nome, garoto?

– Ma... Martim, senhor. E o seu, se me per... permite perguntar?

– Capitão Trafalgar, oficial da frota de sua majestade, a rainha da Inglaterra. E este é o Nélson, meu ajudante – disse e apontou para o papagaio. – Vieram até aqui para se alistar?

– Não, senhor, não... exatamente...

– NÃÃÃOOO? – gritou o pirata. – FIZERAM TODO ESSE ESTARDALHAÇO, ABRIRAM O MEU TÚMULO, PERTURBARAM O MEU SONO E A MINHA TRANQUILIDADE POR NADA?

Ele gritou tão alto que Léo recobrou os sentidos e correu para se esconder atrás dos irmãos, enquanto eu desaparecia atrás do poncho rosa da Rebeca.

– Nã... não fomos nós que perturbamos o senhor, capitão – defendeu-se Martim, falando tudo num fôlego só. – Nó... nós apenas descobrimos que tem alguém abrindo os túmulos. Parece que ele está procurando alguma coisa que não consegue encontrar, e isso deixa ele

louco de raiva... O senhor não tem ideia do que pode ser?

O fantasma se acalmou. Cruzou os braços sobre o peito e se virou novamente na direção do papagaio:

– Acha que podemos confiar nesses aí, Nélson?

O papagaio balançou a cabeça para a frente e para trás, dizendo que sim.

– Muito bem – disse o capitão, apoiando-se sobre a lápide. – Vocês se acomodem, é uma história um pouco longa.

Os irmãos Silver se sentaram no chão para escutar a história, e eu me enfiei entre as dobras do poncho da Rebeca.

– Dizem que, há uns dez anos, um ladrão teria escondido num destes túmulos uma grande quantia de dinheiro roubado. Depois, ele desenhou um mapa do cemitério com a indicação da cova onde estaria o butim* e o escondeu na coifa da lareira da casa onde morava. Infelizmente, morreu antes de poder recuperar o dinheiro e revelar onde tinha escondido o mapa!

* produto de roubo, saque ou pilhagem.

– É isso o que o corvo procura nas lareiras! – exclamou Martim. – Está procurando o mapa do cemitério! E o senhor não sabe quem era o homem que escondeu o dinheiro?

– Infelizmente, não.

– E nem mesmo em que túmulo ele enterrou o "tesouro"? – perguntou Rebeca.

– Também não. Na noite em que o butim foi escondido, eu tinha sido convidado para uma festa de fantasmas da marinha: imaginem, estava lá o almirante Nélson, o verdadeiro!

– E o senhor não sabe ao menos em que chaminé enfiaram o mapa? – insistiu Martim.

– Garoto, pareço desses tipos que se enfiam nas chaminés dos outros, arriscando a sujar todo o meu uniforme? Nem o meu Nélson faria uma coisa dessas.

– Mas esse encapuzado que abriu o seu túmulo não poderia ser o fantasma do ladrão que voltou para recuperar o dinheiro? – interveio Léo.

– Nunca ouvi falar de um fantasma que usasse uma pá.

– É evidente que mais gente sabia sobre o dinheiro – continuou Martim. – Mas quem?

Ficamos em silêncio diante do fantasma que acariciava o seu papagaio ossudo. Agora, o caso ficava mais claro, porém mais complicado.

– Bem, talvez fosse melhor irmos embora agora... – disse Martim.

– Também acho. Aqui, não é lugar para crianças como vocês.

– Obrigado por suas informações, capitão. Há alguma coisa que nós podemos fazer pelo senhor? – perguntou Martim, um verdadeiro cavalheiro, sem tirar nem pôr.

– Bem, pra dizer a verdade, tem uma coisa... aproxime-se, garoto.

Martim se aproximou do fantasma que se incli-

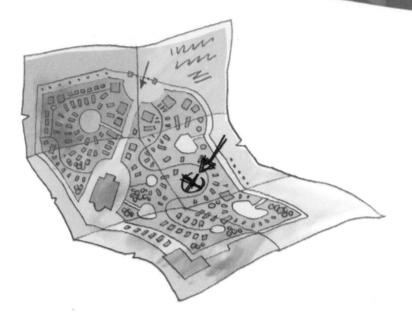

nou em sua direção dele e sussurrou algo no ouvido do menino.

– Negócio fechado! – disse Martim. – Até logo, capitão!

– Até logo, marinheiros!

Então, mortos de frio, mas satisfeitos, voltamos para casa.

Tentamos descobrir o que o fantasma tinha pedido para o Martim, mas ele respondeu que, por enquanto, era um segredo entre os dois.

– Bem, de qualquer forma, muito simpático o

gorduchão! – conseguiu dizer Léo. – Nem dava tanto medo assim...

Nós todos caímos na risada. Depois, Martim se aproximou de mim e me pediu algo que me deixou preocupado de novo.

10
UM DOCE ROSTINHO

ocês já descobriram o que o Martim me pediu, não? Ora, aquele cabeçudo teve a coragem de me pedir... para ir procurar o mapa dentro das chaminés de Fogville!

Na tarde seguinte, depois da escola, ele voltou a me pressionar.

– Não, nem pensar! – respondi pela segunda vez.

– Temos que encontrar esse mapa antes do corvo! – insistia ele. – Antes que caia nas mãos do encapuzado.

– Mas podemos ter certeza de que essa história de tesouro é verdadeira? – observou Rebeca. – E se tudo isso for invenção do capitão Trafalgar?

– Isso! – concordei. – Esse sujeito me pareceu ter um parafuso a menos, sem falar em seu papagaio "despenado".

– Vocês têm razão, pode ser tudo falso – respondeu Martim –, mas, se for verdade, precisamos descobrir o quanto antes quem é o homem encapuzado e por que quer o dinheiro. Léo, tá na hora de ver como ficou a foto.

– A foto? Que foto? – perguntou o irmão, levantando a cabeça do gibi.

– Aquela pela qual arriscamos nossa pele! Mexa-se, vamos!

– Ah, aquela? Já apronto, num segundo.

Léo ligou a máquina digital ao computador e poucos instantes depois apareceu no monitor um rostinho doce e simpático que nos fez pular das cadeiras: um crânio branco nos encarava com um sorriso nada amigável.

– Brr... mais feio ainda do que da primeira vez que eu vi ele – eu disse.

– Sim, mas quem é ele? – prosseguiu Martim. – Alguém tem uma ideia?

– Eu tenho! – exclamou Léo entusiasmado. – Que tal um lanchinho?

Embora não tivesse nada a ver, o lanche serviu para nos distrair um pouco.

O computador, porém, continuou ligado com aquele belo retrato em primeiro plano, que nos lembrava de que tínhamos algo a fazer.

Não tinha passado uma hora ainda, quando Martim voltou a insistir:

– Escute, Bat, sei que você não morre de vontade de ir lá fora, mas você é o único que pode entrar e sair de uma chaminé, durante o dia, sem dar muito na vista.

– De dia? – perguntei incrédulo. – Por um milhão de mosquitos! Mas como posso convencer você de que nós, morcegos, não saímos de dia nem pra passear? É pe-ri-go-so! Nós sentimos bastante sono e corremos muitos riscos por isso. Você quer que me aconteça algo de ruim?

– Prefere sair à noite, junto com o corvo e o chefezinho dele?

– Só faltava essa! Mas o penugento passeia de dia também, você sabe disso.

– Sei, mas parece que ele não entra nas casas a essa hora, o que deixa o caminho livre pra você.

– Mas eu tenho medo! Tenho um medo medonho! – disse entre um soluço e outro.

– Os heróis também sentem medo, mas sabem controlá-lo. É por isso que viram heróis.

Sem saber, Martim tinha tocado no meu ponto fraco. O que vocês querem que eu diga? Sou sensível a certas palavras! Não que tivesse a pretensão de me tornar um herói, como meu primo Asa Frouxa, aquele da patrulha acrobática, mas ouvi inesperadamente uma vozinha dentro de mim que dizia: "Vá, Bat, recupera o mapa! Só você pode fazer isso!"

Meia hora depois, eu estava pronto para decolar rumo ao meu destino.

– Coloque isso, pra se proteger do sol – disse Rebeca estendendo-me um belo par de óculos escuros superesportivos.

Coloquei-os imediatamente e fui para a frente do espelho: ei, fiquei com uma cara de durão, de verdade!

– Pegue isso também... – disse Léo, colocando na minha cabeça o seu boné de beisebol. – É o meu amuleto da sorte!

Dei uma última espiada em volta, para ter certeza de que o corvo de bico afiado não estava por perto, e parti para minha missão.

Vocês não têm ideia de como são estreitas as chaminés! E sujas também! Na primeira vez, tossi sem parar durante uma meia hora; na segunda, enchi meus olhos de cinzas; na terceira, quase fiquei com uma das asas presas na tubulação da chaminé.

Como se isso não fosse o suficiente, ao voltar para a base, quase encontrei com o pássaro agourento que, nesse dia, explorava a mesma região que eu. Esperei escondido até que ele se mandasse e corri para a casa dos Silver, sujo, irritado e... com as patas vazias!

– Você vai ter mais sorte amanhã! – disse Martim para me consolar.

– Amanhã? Você quer dizer que vou ter que sair de novo amanhã?

– Até acharmos o mapa, Bat, *é lógico*.

Eu estava tentando explicar para ele que, mais do que *lógico*, eu achava isso perigoso, quando ouvimos a Rebeca gritar no andar de baixo.

Descemos até a sala e a encontramos de pé com um jornal velho na mão.

– O que está acontecendo? – perguntou Martim.

– Vocês se lembram da notícia da fuga do presídio que o papai leu pra gente outro dia? – disse mantendo o jornal nas mãos.

– Sim, a fuga de... Como ele se chamava mesmo? Sinistro! Vítor Sinistro!

– Exato. Ouçam o que diz a notícia: *Talvez poucos leitores lembrem que a alcunha com que Vítor Sinistro se tornou conhecido tempos atrás foi "Vítor Cabeça de Abóbora", por causa da curiosa máscara que costumava usar durante suas atividades criminosas.*

– Uma máscara feita de abóbora? – perguntou Léo, rindo ao mesmo tempo.

– Não – precisou Rebeca. – Uma máscara de... *caveira*!

11
UM PIRATA
DO COMPUTADOR

ulando de excitação, voltamos para o andar de cima.

– Bem, eu diria que agora tudo ficou claro – observou Martim. – O encapuzado com rosto de caveira, que viola os túmulos do cemitério abandonado e anda aterrorizando metade de Fogville, é a mesma pessoa que fugiu da prisão de Black Gate. Vítor Sinistro, mais conhecido como Cabeça de Abóbora, preso há dez anos por assalto a banco.

– Tem certeza? – perguntou Léo.

– Bem, tudo leva a isso: a história do capitão Trafalgar, a notícia do jornal e, principalmente... a máscara!

– Não poderia ser um fantasma de verdade,

como todos estão dizendo? – insisti, para ter certeza.

– Que fantasma o quê! – disse Rebeca, apontando para a fuça horrível que nos olhava da tela do monitor. – É um bandido, em carne e osso, que está procurando recuperar o dinheiro do seu último golpe!

– Mas ele é assim tão tonto que não lembra onde colocou? – observou Léo rindo.

– Não, não é isso – explicou Martim. – Vocês se lembram do que o capitão disse? O homem que fez o mapa morreu "antes de revelar onde tinha escondido o mapa!" No jornal, dizia que Sinistro tinha sido preso com um cúmplice do roubo. Então, foi ele, o cúmplice, que escondeu o dinheiro. É claro que o encapuzado confiava nele.

– Mas ele foi enganado! – disse Léo.

– Pode ser, mas agora temos que descobrir o nome do cúmplice. Léo, acha que pode fazer uma "pesquisinha daquelas" sobre esse caso?

– Você tá brincando? – respondeu o irmão gargalhando. E se sentou em frente ao computador, estalou todos os seus dedos gorduchos ao mesmo tempo e começou a digitar à velocidade da luz.

– Sons e ultrassons! – exclamei. – Você é fera nisso!

– Não esperava isso, hein, Bat?

– É – suspirou Rebeca. – Apesar das aparências, o nosso irmão é um verdadeiro "cérebro eletrônico". Ou seria melhor chamar "pirata da informática"?

– Pirata, gosto mais de pirata! – zombou Léo.

Cinco minutos depois, sabíamos tudo sobre o assalto e o fato de, apesar das investigações da polícia, o butim jamais ter sido encontrado... Ficamos sabendo da prisão dos dois ladrões e da morte, na prisão, do cúmplice misterioso, que de mis-

terioso não tinha mais nada: ele se chamava Max Lambert!

– E agora, a última teclada, Léo – cutucou Martim. – Você consegue descobrir onde morava esse senhor?

Léo deu outra risadinha e, poucos instantes depois, o endereço do sujeito brilhava na tela do monitor, diante dos nossos olhos incrédulos:

Rua Sexta-feira, 17 – Fogville.

– Mas... – balbuciou Rebeca – é o endereço da nossa casa!

12

CAÇA AO TESOURO

O resto aconteceu numa velocidade tão grande que mal consigo lembrar direito. Muito rapidamente os três me fizeram subir até a coifa da chaminé da sala: fiquei preto como carvão, mas encontrei o mapa do tesouro "roubado".

– Já pensaram nisso? – disse Rebeca. – O sujeito que morou aqui antes de nós era um ladrão de marca maior.

– Vocês acham que ele escondeu outra coisa valiosa aqui em casa? – perguntou Léo.

– Deixe disso, Léo. É melhor irmos embora. Está escurecendo e temos que chegar ao cemitério o mais rápido possível.

– Aquele lugarzinho de novo! – bufou Léo. – Precisamos ir lá mesmo?

– É indispensável – respondeu seu irmão, tirando um grande embrulho de uma caixa.

– O que tem aí dentro? – perguntou Rebeca.

– Se tudo correr bem, vocês vão descobrir logo, logo.

Pobre Léo, eu o compreendia. No fundo, ninguém tinha vontade de ir lá de novo. Mas o fato é que, armados de picareta e pá, em meia hora nós estávamos novamente a vagar por entre os túmulos do cemitério.

Com o mapa, foi brincadeira de criança achar onde estava o dinheiro roubado.

– Olhe, é este! – disse Martim diante de um simples amontoado de terra com uma pequena lápide branca. – Agora, só nos resta cavar...

Mal ele tinha segurado a pá, quando um grito para lá de agudo, que conhecíamos muitíssimo bem, arrepiou todos os nossos cabelos: *Craaaaaaaa! Craaaaaaaa!*

Ai, que medo medonho! Atrás de nós, um rosto de caveira encapuzado nos encarava com um sorriso maligno.

Numa das mãos, a figura estava segurando um grande bastão, que batia de forma ameaçadora na palma da outra. Junto com ele, chegou o fiel corvo, que foi muito gentil ao me cumprimentar:

– Finalmente a gente se encontrou!

– Olhe, Kerbal! – disse o encapuzado. – Encontraram o mapa. Como foram gentis, não?

E com seus dedos longos e ossudos tirou a folha da mão do Martim.

– Até nos pouparam o esforço de procurar o túmulo – prosseguiu. – São mesmo grandes garotos. Pena que vão ter um fim horrível, não é mesmo?

De costas e apavorados, nos apertamos uns contra os outros... Na realidade, eu tinha me enfiado num dos bolsos das calças da Rebeca e tinha colocado os óculos escuros para não ver nada.

– Sabem, desde aquela noite em que tiraram a minha foto, estou de olho em vocês. Acreditavam que iam escapar, não? Bastou seguir vocês escondido, depois que saíram do cemitério, e vigiar seus movimentos. Foi muito fácil! Tinha

certeza de que, mais cedo ou mais tarde, a gente se veria de novo...

Foi nessa hora que o Léo, para se mostrar corajoso, cometeu o erro do século:

– Nós sabemos quem você é. Lemos no jornal. Você é Vítor Sinistro, um bandido que acabou de fugir da cadeia! E isso que tem na cara é só uma máscara!

– Excelente! Eu podia imaginar! – riu sinistramente, apertando com força o bastão. – Pena que nem você nem seus irmãozinhos vão poder contar essa maravilhosa descoberta.

Enquanto o sujeito falava, segurou um dos braços da Rebeca e a puxou para perto dele. Ela tentou se livrar, mas ele a imobilizou e, com um movimento rápido, tirou do bolso dela... EU!

– É bom se acalmar, senhorita, se não quiser que o seu amiguinho tenha um lamentável fim!

A Rebeca sossegou num segundo.

– Deixe o meu morcego em paz, palhaço mascarado horroroso! – gritou ela.

Ele, como resposta, me entregou para o meu "amigo" corvo que me segurou bem firme no bico e me levou até um galho de uma árvore próxima. Eu estava frito!

– E agora – disse Vítor Sinistro, voltando-se na direção de Léo e Martim – a coisa é com vocês dois... COMECEM A CAVAR! – gritou e apontou para o túmulo.

O Léo e o Martim (na verdade, mais o Martim do que o Léo) cavaram um grande e profundo buraco, até baterem contra alguma coisa bem dura: da terra emergiu uma caixa enferrujada, fechada por um cadeado.

Mal tiraram a caixa de lá, o encapuzado pulou em cima dela, forçou o cadeado e começou a tirar dezenas e dezenas de pacotes de notas.

– O meu dinheirinho! – ele dizia com a voz sufocada pela emoção. – O MEU RICO DINHEIRINHO!!!

Depois, infelizmente, lembrou-se de nós quatro.

– E agora, amigos, é a vez de vocês – disse com uma voz nada tranquilizadora. – Sabem, não é uma questão pessoal, mas vocês viram muitas coisas. Por isso, se não tiverem nada contra...

E, assim que ele, com o bastão na mão, partiu para cima de meus amigos, uma voz cavernosa que reconhecemos imediatamente ecoou atrás dele:

– NÃO É JUSTO ASSUSTAR ASSIM AS CRIANÇAS. CONCORDA COMIGO, NÉLSON?

O Vítor Sinistro se virou para trás e ficou de queixo caído: diante dele, estava a enorme figura do capitão Trafalgar, que o encarava com uma expressão terrível, enquanto acariciava o esqueleto de papagaio.

O corvo, também surpreso, escancarou o bico e, quando viu o Nélson voar na direção dele, fugiu a toda velocidade, libertando-me. Rebeca, assim que viu que eu estava a salvo, pulou com tudo em cima do pé do ladrão e, enquanto ele pulava por causa da dor, ela correu na direção do Martim e do Léo. Eu também fiquei feliz ao retornar para o bolso da calça dela e desta vez tirei os óculos escuros.

– Quero me deliciar com a cena! – disse eu.

– Que-que-quem é vo-você-cê – gaguejou o encapuzado, segurando o bastão com uma das mãos e com a outra o pé dolorido.

O capitão não respondeu, desembainhou a espada enferrujada e começou a andar lentamente em direção a ele.

– Para trás... – balbuciou o ladrão, segurando o bastão com as duas mãos. – Para trás ou encho você de pancada... – mal acabou de falar e começou a agitar o bastão em todas as direções, tentando golpear o capitão.

Vítor andou para trás até que bateu em uma árvore, o que fez sua máscara cair. Finalmente, apareceu o seu verdadeiro rosto: magro, pálido e aterrorizador.

– Olhem! – disse Léo. – Ele está mais despenteado do que eu!

Vendo que o capitão continuava a avançar em sua direção, o Vítor Sinistro ergueu novamente o bastão e se lançou num ataque desesperado.

– Tome esta! E mais esta! E esta!

Eram golpes violentos. Não há dúvida de que teriam feito brotar imensos galos em qualquer um. Mas, neste caso, atravessavam o fantasma do marinheiro sem provocar nenhum arranhão. O Sinistro

 deixou o bastão cair e ficou branco como iogurte.

– Você é... é... um fan-fan-fantasma! UM FANTASMA! SOCORRO! ALGUÉM ME AJUDE! UM FANTAAAASMA! – e gritando apavorado deu no pé e desapareceu na escuridão da noite.

– Está tudo terminado, crianças! Podem chegar mais perto agora – sorriu o velho marinheiro.

– Obrigado, muito obrigado em nome de todos, capitão – disse Martim. – Se não fosse o senhor, nós estaríamos mortos!

– Bobagem! Dar uma mão para outro marinheiro é normal entre nós – respondeu o homenzarrão.
– A propósito, filho, você se lembrou daquele pequenino ahnn... favor que lhe pedi?

– Claro! – respondeu Martim. – Nunca fiz um favor para alguém com tanto prazer!

E, dizendo isso, abriu o grande embrulho que tinha levado.

13
MAS QUEM ACREDITA EM FANTASMAS?...

oltamos para casa em plena madrugada levando, como lembrança da aventura, Kerbal, o corvo, que o Nélson tinha capturado. Nós o colocamos dentro de uma velha gaiola que encontrei na minha cripta e o deixamos aos cuidados da Rebeca.

Fomos todos para a cama quietinhos, quietinhos. Até eu, que nunca tinha fechado os olhos depois do pôr do sol, estava tão exausto que subi no teto, pendurei-me de ponta-cabeça em uma viga e mergulhei num sono maravilhoso. Como sempre dizia a tia Adelaide: "Quem dorme... TEM sono!"

A primeira coisa que ouvi na manhã seguinte foi a voz estridente da senhora Silver, que nos chamava para o café da manhã: ovos e bacon, suco de laranja e bolacha com pasta de amendoim. "Nada mal a vida nesta casa!", pensei.

Dois dias depois, o senhor Silver leu para nós, no Diário de Fogville, a notícia que estávamos esperando:

– Vocês se lembram do ladrão que fugiu do presídio há duas semanas?

– Que ladrão? – perguntou Rebeca se fingindo de boba.

– Aquele, o tal do Vítor Sinistro... Bem, encontraram ele perto do cemitério abandonado. Parecia transtornado... ele disse que estava fugindo de um fantasma.

– Fantasmas! – disse Léo espalhando meio quilo de mel em uma fatia de pão. – Tem gente que ainda acredita nessas bobagens?

– Mas a história não acabou – continuou George. – Graças a um telefonema anônimo, a polícia encontrou o dinheiro que o Sinistro e

seu cúmplice tinham roubado há dez anos, em um assalto a banco. Estava escondido num cesto de lixo.

Nos dias seguintes, as aparições do ladrão fantasma e do seu monstro negro também terminaram. As lareiras das casas retomaram a tranquilidade e Fogville retomou a vida de sempre.

Algumas semanas depois da captura do corvo, a Rebeca quis que eu a acompanhasse até o bosque para libertá-lo. Falou com ele e o fez prometer que, daquele dia em diante, poria a cabeça no lugar e que nunca mais incomodaria os pobres morcegos indefesos.

Depois, ela abriu a gaiola e o pássaro levantou voo.

Não sei se foi a minha imaginação, mas tive a impressão de ouvi-lo dizer: "Até logo, nós nos veremos em breve..."

E até agora não sei dizer se foi uma despedida ou uma ameaça.

14
BOTAS FURADAS, NUNCA MAIS

ocês devem estar curiosos para saber o que o capitão Trafalgar pediu para o Martim. Vocês têm razão!

Bem, vocês devem saber que, quando o velho capitão partiu pela última vez deste mundo, quero dizer, quando morreu, estava muito mal financeiramente. Por isso, a única coisa decente que encontraram para vestir nele foi o uniforme de gala, que ele tinha usado umas quatro vezes em toda a vida. Infelizmente, o mesmo não aconteceu com as botas, pois ele só tinha um velho par preto, que ia até o joelho e estava com a sola furada.

Mas o pobre capitão não tinha conseguido engolir essa história das botas, por isso pediu para o Martim procurar um par novo para ele. Algo que o Martim fez com muito prazer.

Quanto a mim, estou aqui.

Não posso dizer que a minha vida seja igual à vida que eu tinha antes: tenho novos amigos, novas roupas, uso óculos escuros, às vezes um

bonezinho de beisebol e até calço tênis. Mas a coisa mais importante é que... mudei de casa!

Sim, porque, depois dessa aventura, eu me perguntei, seriamente, se queria voltar para uma cripta imunda e fria ou se preferia morar em um aconchegante e aquecido sótão com uma família simpática e hospitaleira. Assim, eu me mudei para a casa dos Silver e, logo que me recuperei das emoções desta história e das atribulações da mudança, recomecei a escrever as minhas histórias de terror.

O último livro que escrevi?

Este que você acabou de ler, é claro!

Uma saudação para todos, de ponta-cabeça, do seu,

Bat Pat

MONSTROS SEM PÉ NEM CABEÇA

Que confusão! Escrever de ponta-cabeça deixou meu cérebro meio atordoado, por isso escrevi os nomes destes monstros de um jeito incompreensível. Desembaralhe as letras e descubra de que monstro se trata!

KENFNSTRAEIN

PIVROAM

AMU BLOO

AÚMMI

FIECREITIA

TMFANASA

AIRVEAC

ZMUIB

MARINOH MOSONTR

Soluções: Frankenstein, vampiro, lobo mau, múmia, feiticeira, fantasma, caveira, zumbi, monstro marinho

CRIPTA, DOCE CRIPTA

Ai, que medo medonho! Tenho que voar de volta para a minha cripta, mas, se eu pegar o caminho errado, vou cair direitinho nos braços do encapuzado...

MUNDO MORCEGO

E agora, meus caros amigos das "histórias de terror", gostaria de lhes apresentar um parente bem distante: o *Pipistrellus pipistrellus*, conhecido também como morcego-anão. Embora seja o menor morcego que existe (não ultrapassa os 52 milímetros de comprimento), é um grande caçador e ama os mosquitos, que apanha graças ao seu radar infalível. Tem orelhas curtas e arredondadas e pele marrom-escura. É uma espécie muito preguiçosa: olhe só, durante toda a vida, ele não se afasta mais do que 50 quilômetros do lugar em que nasceu! Diferente de mim, que não dividiria com ninguém a minha cripta superincrementada, o morcego-anão vive em colônias numerosas. Em uma caverna da Romênia, existiam cerca de 100 mil deles! Ah, estava esquecendo: os morcegos-anões adoram a companhia do homem, por isso, quando você vir um deles voando perto de sua cabeça, não se assuste: provavelmente só está querendo ser seu amigo!

ACHE A FIGURA

Por um milhão de mosquitos! Deu pane no radar! Vocês me ajudam a recompor o desenho com os quadradinhos certos?

A FALSA SOMBRA

Apenas uma destas três sombras
corresponde exatamente à figura da
Rebeca. Qual é?

Solução: A

CRUZADAS GULOSAS

Qual é o meu doce preferido? Resolvam estas palavras cruzadas e a resposta aparecerá na coluna amarela.

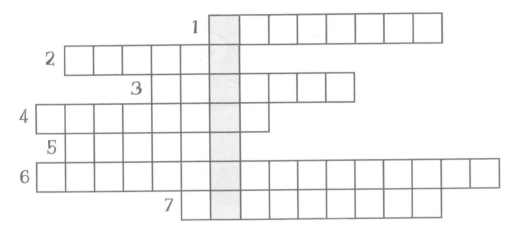

1. O nome da minha cidade
2. O tesouro está escondido num...
3. O nome do meu avô
4. Sobrenome do escritor preferido do Martim

5. Quando fica nervosa, é melhor ficar longe dela
6. Nome do jornal da cidade
7. Como digo sempre: Por um milhão de ...!

Na coluna amarela se lê: Folhado.

Solução: 1. Fogville; 2. Túmulo; 3. Salitre; 4. Polvilho; 5. Rebeca; 6. Diário de Fogville; 7. Mosquitos

BAT PAT

CAROS AMIGOS DAS HISTÓRIAS DE TERROR,
SE VOCÊS MORRERAM DE RIR,
NÓS NOS VEMOS NA
PRÓXIMA AVENTURA!